AUX PARENTS

Lisez tout haut avec votre enfant

Des recherches ont révélé que la lecture a voix ha
les parents puissent apporter à l'enfant qui apprend à lire.

- Lisez avec dynamisme. Plus vous êtes enthousiaste, plus votre enfant aimera le livre.
- Lisez en suivant avec votre doigt sous la ligne, pour montrer que c'est le texte qui raconte l'histoire.
- Donnez à l'enfant tout le temps voulu pour examiner de près les illustrations; encouragez-le à remarquer des détails dans les illustrations.
- Invitez votre enfant à dire avec vous les phrases qui se répètent dans le texte.
- Établissez un lien entre des événements du livre et des événements semblables de la vie quotidienne.
- Si votre enfant pose une question, interrompez votre lecture et répondez-lui. Le livre peut être une façon d'en savoir davantage sur ce que pense votre enfant.

Écoutez votre enfant lire tout haut

Pour que votre enfant poursuive ses efforts dans l'apprentissage de la lecture, il est indispensable de lui montrer que vous le soutenez, en lui accordant votre attention et vos encouragements.

- Si votre enfant apprend à lire et demande comment se prononce un mot, répondez-lui immédiatement pour ne pas interrompre le fil de l'histoire. NE DEMANDEZ PAS à votre enfant de répéter le mot après vous.
- Par ailleurs, si votre enfant le répète de lui-même, ne l'empêchez pas de le faire.
- Si votre enfant lit à voix haute et remplace un mot par un autre, écoutez bien pour surveiller si le sens est le même. Par exemple, s'il dit «chemin» plutôt que «route», l'enfant a conservé la bonne signification. N'interrompez pas sa lecture pour le corriger.
- Si la substitution ne respecte pas le sens (par exemple, si l'enfant dit «noire» au lieu de «poire»), demandez à l'enfant de lire la phrase de nouveau parce que vous n'êtes pas sûr d'avoir bien compris ce qu'il a lu.
- L'important, c'est d'avoir autant de plaisir que l'enfant à le voir maîtriser de plus en plus le texte et, surtout, de l'encourager encore et encore. Vous êtes le premier professeur de votre enfant — et celui qui a le plus d'importance. Vos encouragements sont ce qui déterminera si l'enfant voudra prendre des risques et aller plus loin dans l'apprentissage de la lecture.

— Priscilla Lynch, Ph D.
Conseillère en pédagogie,
New York University

À tous les enfants merveilleux qui ont joué dans mes équipes de soccer.
— CM

À Martha et Emily, mes joueuses de soccer préférées.
— JR

Claudio Marzollo a été entraîneur de soccer pendant huit ans. Sa femme, Jean, est une auteure de livres pour enfants. Ils vivent à Cold Spring, dans l'état de New York.

Données de catalogage avant publication (Canada)
Marzollo, Claudio
Jojo et les pieds agiles
Traduction de : Kenny and the little kickers.
ISBN 0-590-74534-4
I. Rogers, Jacqueline. II. Titre.
PZ23.M3J0 1992 j813'.54 C(2-094930-4

ISBN 0-590-74534-4

Titre original : Kenny and the little kickers.

Édition publiée par Scholastic Canada Ltd.,
123, Newkirk Road, Richmond Hill (Ontario) L4C 3G5

4321 Imprimé aux États-Unis 2345/9

Jojo et les Pieds agiles

Texte de Claudio Marzollo
Illustrations de Jacqueline Rogers

•

Texte français de Lucie Duchesne

Je peux lire! — Niveau 2

Scholastic Canada Ltd.
123, Newkirk Road, Richmond Hill (Ontario) Canada

«Le soccer commence
aujourd'hui!»
annonce le papa de Jojo.

«Veux-tu devenir membre
des Pieds agiles?»
Jojo ne veut pas.
Il se trouve trop gros
pour jouer au soccer.

Le papa de Jojo dit :
«Allons les voir jouer.»
Ils se rendent au terrain de soccer.
Les enfants enfilent des
maillots, des rouges et des verts.

Il reste un maillot vert.
«Le veux-tu?» demande l'entraîneur.
Jojo n'en veut pas.
«Allez», dit son papa.
«Allez», disent les enfants.
«Allez», dit l'entraîneur.

Alors Jojo enfile le maillot vert.

Tous les joueurs courent vers le terrain.
Jojo est le dernier arrivé.

Tous courent en sens inverse.
Jojo est encore le dernier.

Ils frappent le ballon avec
le pied pour l'envoyer entre
deux cônes.
Jojo rate son coup.

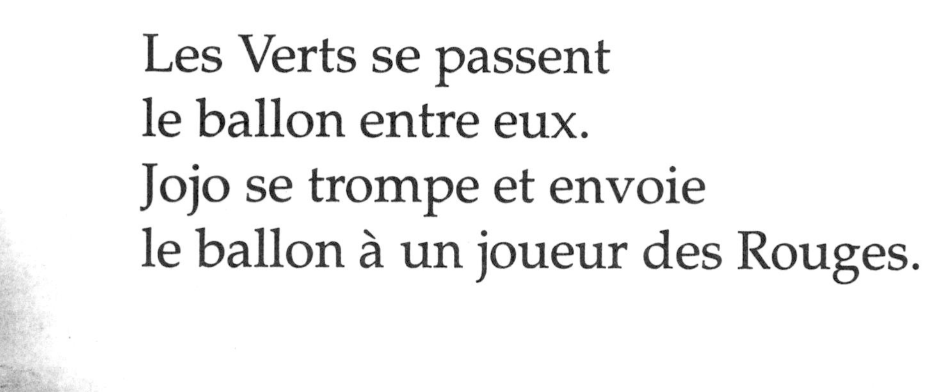
Les Verts se passent
le ballon entre eux.
Jojo se trompe et envoie
le ballon à un joueur des Rouges.

Jojo va voir son papa.
«S'il te plaît, est-ce qu'on
peut rentrer à la maison,
maintenant?» demande-t-il.
«Essaie encore, répond son papa.
C'est presque fini.»

«Nous allons faire un petit
jeu, dit l'entraîneur.
Les Rouges vont ici.
Les Verts vont là-bas.»
L'entraîneur regarde Jojo.

«Tu m'as l'air d'être
un puissant botteur, dit-il.
Veux-tu jouer à l'arrière?»
Jojo a envie de dire non,
mais il ne dit rien.

«Jojo, explique l'entraîneur,
il faut que tu empêches
les Rouges d'envoyer le ballon
dans le filet des Verts.
Dès que le ballon vient vers toi,
donne un grand coup de pied pour
l'envoyer le plus loin possible sur
le terrain. D'accord?» Jojo a envie
de dire non, mais il ne dit rien.

Jojo reste planté sur le terrain.
Les Rouges foncent vers lui.
Ils courent très vite.

Jojo voudrait être
chez lui à regarder
des dessins animés.
Un Rouge lance le ballon
droit sur lui.
Oups!
Que va-t-il faire?

«Allez!» crie son papa.
«Allez!» crient les Verts.
«Allez!» crie l'entraîneur.
Le ballon roule devant Jojo et s'arrête.
Il est là, juste devant lui.
Doit-il donner un coup de pied?

Non, non, non... OUI!
Jojo frappe le ballon
le plus fort qu'il peut.

Le ballon vole au-dessus des Verts.
Il vole au-dessus des Rouges.
Il vole jusqu'au filet des
Rouges et y entre!

«But!» crie l'entraîneur.
«Bien joué!» crie le papa de Jojo.
«Hourra pour Jojo!» crient les Verts.

Et depuis ce jour,
tous les samedis,
Jojo joue au soccer...
et il adore ça!